Ein Artemis-Bilderbuch

erzählt von Hans Carl Artmann
gemalt von Sita Jucker

Artemis Verlag Zürich und München

Ich will euch nun die Geschichte von Ompül erzählen, wie er die Mäuse aus dem Haus gejagt hat, weil sie ihm den guten Speck, den Käse und die Kekse wegknabberten.

Wie, ihr wißt nicht, wer Ompül ist? Ja, das läßt sich leicht denken, denn dieser Ompül wohnt nicht hier bei uns, sondern ganz, ganz weit unten in Amerika, gleich in der Nähe von Feuerland, wo die Bäume im Wald so dicht sein sollen, daß man, ihr glaubt es nicht, sogar über Gipfel und Wipfel spazieren kann, ohne einzusinken. So dicht sind sie. Ja, das sind Wälder! Und Ompül ist ein kleines Robbenmännchen mit einem lustigen, stacheligen Schnauzbart. Früher war er einmal Seemann gewesen, so ein Beruf paßt ja zu einer fröhlichen Robbe, aber dann war ihm das ewige Einerlei auf den Schiffen, und besonders ein böser Kapitän, Gonzalo, ein grimmiger Seebär, leid geworden, er hatte seinen Seemannsberuf an den Nagel gehängt und war in eine kleine Stadt am Meer gezogen, eben nach . . ., wie ich euch schon sagte, gleich in der Nähe von Feuerland. Dort ist er jetzt Leuchtturmwächter, putzt, wenn ihm die Zeit lang wird, die Scheinwerfer und dreht in der Nacht die Lichter an, damit sich die Schiffe nicht verirren und gar stranden. So weit ist er also doch noch mit seinem früheren Beruf verbunden. Und das muß wohl so sein – denn ein Cowboy oder ein Bergführer, nein, das wäre er gewiß nicht geworden, dazu hatte er wirklich keine Lust.

Aber nun will ich endlich mit meiner Geschichte beginnen. Stellt euch also so eine Robbe vor: Ihr habt gewiß schon eine gesehen, im Zoo oder auch nur eine aus Stoff, zum Spielen, wißt ihr? Die mit den schwarzen Stecknadelkopfäuglein und den komischen Flossen. Eines Tages kommt nun Ompül heim zu seinem Leuchtturm. Er ist in der nahen Stadt einholen gewesen. Er trägt eine alte Matrosenmütze auf dem Kopf, und um den Hals hat er einen dicken Wollschal gebunden, der ist rot und weiß gestreift. So robbt er an die Treppen des Leuchtturms heran, steckt den Schlüssel ins Schloß, krixkrax, schon offen, tritt ein und stellt seine Einholtasche in die Stubenecke. Das ist *so* beim Leuchtturm: Die gute Stube ist immer unten, gleich beim Eingang, und das Dienstzimmer ist ganz hoch oben bei den Scheinwerfern. Aber weil es noch nicht finster ist, hat Ompül da droben nichts zu tun.

Er setzt sich in seinen Schaukelstuhl, nimmt seine Tabakspfeife, schmaucht und liest in der Zeitung die neuesten Nachrichten.

Nee, nee, sagt er sich, nee, Raumfahrer wäre nicht der rechte Beruf für mich! Freilich, wenn ich es überlege, so müßte es eigentlich ganz schön sein, so von den Sternen auf Meere und Berge herunterzugucken...
Aber auf das Meer kann ich das ja auch von meinem Leuchtturm aus, und das genügt mir!
Und wie er gerade so dasitzt und in seinem Schaukelstuhl gemütlich schaukelt, macht es plötzlich irgendwo »piep!«

Na so was, wer piept denn da so früh am Tag? sagt Ompül – wenn *das* keine Maus ist!
Und er blickt schnell zur Einholtasche hinüber, in der der gute Speck, der Käse und die Kekse sind. Aber gleich darauf liest er schon wieder weiter.
Kino, sagt er, tja, ins Kino müßte man wieder mal gehn. Aber wie soll ich das hinkriegen? Diese dummen Vorstellungen beginnen ja doch immer erst abends, wenn ich meine Scheinwerfer drehen muß. Warum haben wir denn noch keine automatischen Scheinwerfer angeschafft? Ganz altmodisch sind wir hier! Sind eben am Ende der Welt... Feuerland! – Wer wird auch schon ein Leuchtturmwächter in Feuerland? Ich und sonst keiner. Aber ich bin nun mal ein tüchtiger Mann, und die Pinguine am Südpol, so feine Herren sie auch sind, können auch niemals Donald Duck anschauen gehn. *Ich* bin's zufrieden, hab meine warme Stube und – piep piep! Ja, Dunnerkiel, da piept es ja schon wieder! Diesmal legt Ompül aber seine Zeitung fort und rutscht, so schnell er kann, aus seinem Schaukelstuhl.
Ich glaube, es ist doch besser, wenn ich die Sachen in den Schrank hinauftue. Mir scheint, da ist 'ne Maus im Haus! Piep! Und Ompül trollt sich hin zur Einholtasche.

So, und jetzt hinein in das oberste Fach! Da hätten wir einmal den guten Speck, da sind die Kekse, und den Emmentaler wollen wir auch nicht vergessen!

Und Ompül trägt sein Abendbrot zum Schrank, macht das oberste Türchen auf, tut die Sachen ordentlich hinein – aber auf einmal ...

Was ist denn *da* los? Wo steckt denn heute der Schlüssel? Im Schlüsselloch sehe ich ihn nicht – aber vielleicht habe ich ihn in Gedanken zu den Scheinwerfern hinaufgetragen. Deshalb werde ich aber jetzt *nicht* hochklettern!

Und er setzt sich wieder in seinen Schaukelstuhl und liest weiter.

Tja, murmelt er, so ein Motorroller, wie ihn heutzutage alle jungen Leute haben, das ist schon 'ne feine Sache, da könnte ich viel schneller in die Stadt hinein. Ein guter Fußgänger war ich ja zeit meines Lebens nie. Viel zu langsam mit meinen Flossen. Aber wenn ich dran denke, was so ein Roller kostet, und dann extra noch Benzin und Öl! Nee, nee, bei meinem Gehalt ... Piep!

Der gute Ompül fällt diesmal fast aus seinem Schaukelstuhl. Oben im Schrank steht die Türe sperrangelweit offen!

Na wart nur, jetzt hol ich dich! So eine Frechheit. Und mit einer wirklichen Strickleiter ist mir dieses Biest an Speck, Käse und Keks gestiegen!

Und tatsächlich: Aus dem geöffneten Schrank hängt eine ganz, ganz kleine Strickleiter. Aber ehe noch Ompül aus seinem Schaukelnest heraus ist, kommt eine winzige Maus heruntergeklettert, huscht über die Dielen – und fort ist sie. Nichts wie zum Speck!

Ja, seufzt Ompül, jetzt haben wir die Bescherung! Da hat mir dieses unverschämte Ding tatsächlich ein Loch in den Käse gefressen. Na warte, wenn ich dich erst erwische, dann werfe ich dich durchs Fenster ins Gras, damit du dir nicht weh tust!

Hätte er doch diesen verflixten Schlüssel zur Hand. Aber der, der ist fort, spurlos verschwunden!

Hat ihn etwa gar die Maus versteckt? Zuzutrauen wär's ihr ja. Wer Käse maust, vor dem ist auch kein Schlüssel sicher! Altes Sprichwort. Aber was nützt das schon? Am besten, ich nehme einmal diese dumme Strickleiter fort ... So, in den Schrank mit ihr!

Und nun bequemt sich der faule Ompül doch zu den Scheinwerfern hinauf. Gemächlich robbt er die Wendeltreppe hoch, aber der verschwundene Schlüssel ist auch hier nicht zu finden.
Also doch die Maus! Sie hat ihn!
Er knurrt mißmutig und schaut auf das Meer hinaus. Und da zieht eben ein großer, großer Dampfer vorbei. – Mensch, ist der aber groß, ruft Ompül begeistert, der ist ja so groß, daß er in unseren kleinen Hafen gar nicht hineinpaßt!
Und er vergißt vor Staunen die diebische Maus im Haus.
Die ist aber inzwischen wieder aus ihrem Loch gekommen und hat eine neue Strickleiter mitgebracht. Von diesen praktischen Dingern besitzt sie ein ganzes Magazin voll, ein reicher Onkel hat sie ihr alle aus New York geschickt. Also keine Not! Mag auch der Herr Ompül ein paar davon wegnehmen, es sind noch immer genug da ... Schwupp, die kleine feine Leiter wird hochgeworfen, zwei winzige Haken fangen sich an einem Vorsprung – und nichts als wie rauf! Ja, das ist ein guter Käse, der Herr Leuchtturmwächter kauft keine schlechten Sachen ein!
Und sie knabbert wieder ein ordentliches Stück aus dem Emmentaler.
Als nun der große, große Dampfer wieder fort ist, bemerkt Ompül, daß es schon finster wird, ziemlich dunkel ist es. Und er denkt:
Nee, jetzt bleib ich lieber gleich oben. Sollte ich zweimal diesen langen Weg machen? Die Strickleiter habe ich weggenommen, und damit sind Speck, Käse und Kekse in Sicherheit. Basta, ich schalte meine Scheinwerfer an, 's ist sowieso schon höchste Zeit!
Und er tut es.
Und die Maus, drunten in der guten Stube, denkt:
Eigentlich bin ich ein rechter Geizkragen. Ich knabbere mich hier dick und fett, und meine armen Brüder und Schwestern müssen inzwischen darben. Wozu hat der Herr Leuchtturmwächter ein Telephon? Ich will eine gute Tat tun!

Und hops ist das Mäuschen auf dem Tisch, holt den Hörer aus der Gabel, tritt mit seinen Füßchen in die Nummern der Wählscheibe und surr surr – gradeso wie es die weißen Mäuse im Treträdchen tun – drei achtzehn fünfundsiebenzig ...
Ja? Ist dort das Fräulein Knabbelienchen? Ich bin's, dein lieber Bruder!
Und so ruft die kleine Maus nach und nach die ganze Verwandtschaft an.
Der arme Ompül muß dazu noch die Telephonrechnung bezahlen.

Der aber weiß noch nichts von seinem Pech. Während hintereinander an die dreißig Mäuschen, töff töff töff, mit ihren kleinen Autos angefahren kommen, dreht er gemächlich seine Scheinwerfer aufs Meer hinaus und schmaucht seinen Knastertabak.

Und unten, in der guten Stube? Kinder, ich sage euch, ist das ein Gepiepse und Geknabber! Nur zu bald ist von Ompüls Abendbrot nichts mehr über. Sogar Schwarten, Rinden, Frischhaltebeutel und Kekskarton werden weggeputzt! Und in Ompüls Schaukelstuhl sitzt die kleine Maus und hält den Schrankschlüssel in den Händchen. Ja, da sitzt sie und guckt satt und zufrieden dem lustigen Treiben zu.

So, sagt Ompül, jetzt werde ich meine Scheinwerfer auf ein Viertelstündchen alleine lassen, es ist ohnedies kein einziger Dampfer in der Nähe. Ich habe Hunger und werde mir eine leckere Käsestulle machen.

Ja, Käsestullen und Zitronentee, das mag Ompül für sein Leben gern!

Doch was muß er hören, als er unten an seiner Stubentüre anlangt? Piep piep piep piep! Grade als ob die ganze Welt bloß aus Mäuschen bestünde!

Vorsichtig blinzt er durch das Guckloch in die Stube hinein . . .

O je, o je, o jemine! ruft er ganz verstört aus, da dachte ich, ich hätte nur eine einzige Maus im Haus, aber derweil sind es mindestens ihrer hundert geworden. Er übertreibt ein wenig, aber er ist ja im Augenblick so baff, daß er alles doppelt und dreifach sieht.

O weh, die erwisch ich niemals, sagt er sich ganz betrübt, ich bin ja viel zu langsam, die tanzen mir doch nur auf der Schnauze herum, wenn ich es versuchen sollte, sie zu fangen, und lachen mich dazu auch noch aus. Was also tun?

Und die Brüder und Schwestern der kleinen Maus tanzen und singen übermütig ein Lied:

Schnickedischnex,
Käs und Keks,
Käs und Keks und fetten Speck
Knabbern wir dem Ompül weg.
Der Ompül ist ein Dummrian,
Weil er uns nicht fangen kann!

Ich bin ja gar kein Dummrian, sagt Ompül hinterm Guckloch, nur etwas langsam bin ich.

Und der alte Onkel Maushofer hat sogar seine Gitarre mitgebracht, und die kleine Maus im Schaukelstuhl pfeift mit dem Schlüssel.

Ja, da ist guter Rat teuer! Aber in seiner Not kommt Ompül ein rettender Gedanke: Er ist ja doch kein Dummrian, wie die Mäuse meinen! Ompüls Vorgänger, der Seehund Igor, war ein lustiger Herr gewesen. Und nichts hatte er lieber getan, als auf Karnevalsmaskeraden zu gehen.

Vielleicht gibt es in der Rumpelkammer noch ein paar alte Kostüme? Ich könnte da eines anziehen und solcherart verkleidet diesen frechen Dieben einen heilsamen Schreck einjagen?!

Und während die übermütigen Mäuschen singen und tanzen, robbt Ompül in die Rumpelkammer – und was findet er? Dreimal dürft ihr raten, aber ich sag es euch lieber gleich: Ein Kater-Carlo-Kostüm und einen Kopf dazu, zum Aufsetzen! Und wie das paßt! Ompül erkennt sich im Spiegel nicht wieder ...

Und schlurf schlurf geht es zum Hintertürchen vors Haus hinaus. Unterm Stubenfenster steht ein grüner Schemel, auf diesen steigt der verkleidete Ompül und kratzt leise an den Fensterscheiben – miau miau! Die Mäuschen hören noch nichts, sie lärmen zu sehr. Jetzt kratzt Ompül lauter – miau miouu! Und der alte Onkel Maushofer ist gar nicht schwerhörig, er spitzt die Ohren und –

Du lieber Himmel, eine Maus! Ach, was sag ich? Ein Kater!

Er springt vor Schreck in seine fallengelassene Gitarre. Ein Kater?

Und Ompül kratzt noch lauter – miouu miau miouu! Er kratzt ganz schrecklich mit den künstlichen Krallen, die Fensterscheiben zittern, und der Mond scheint auch dazu.

Ach, das hättet ihr sehen müssen! Die kleine Maus läßt den Schlüssel Schlüssel sein, macht einen Kopfsprung aus dem Schaukelstuhl, und schon ist sie auch an der Türe, nur raus mit der Maus aus dem Haus!

Und hinter ihr her die ganze Sippschaft samt dem alten Onkel Maushofer, der ja seine Gitarre doch nicht mehr braucht, weil er sie in der Aufregung zertreten hat. Töff töff töff, da sausen sie jetzt alle mit ihren kleinen Autos der Stadt zu ...
Und Ompül? Ja, der zieht zufrieden seine Katerkluft aus und hängt sie für alle Fälle in den Kleiderschrank, griffbereit, man weiß ja nie, was einem der Abend manchmal für Besucher bringt.

Und wenn er auch etwas langsam ist – ein Dummrian, nee, das bin ich nicht! sagt er. Und er geht her und brät sich zwei schöne Äpfel auf der Ofenplatte.

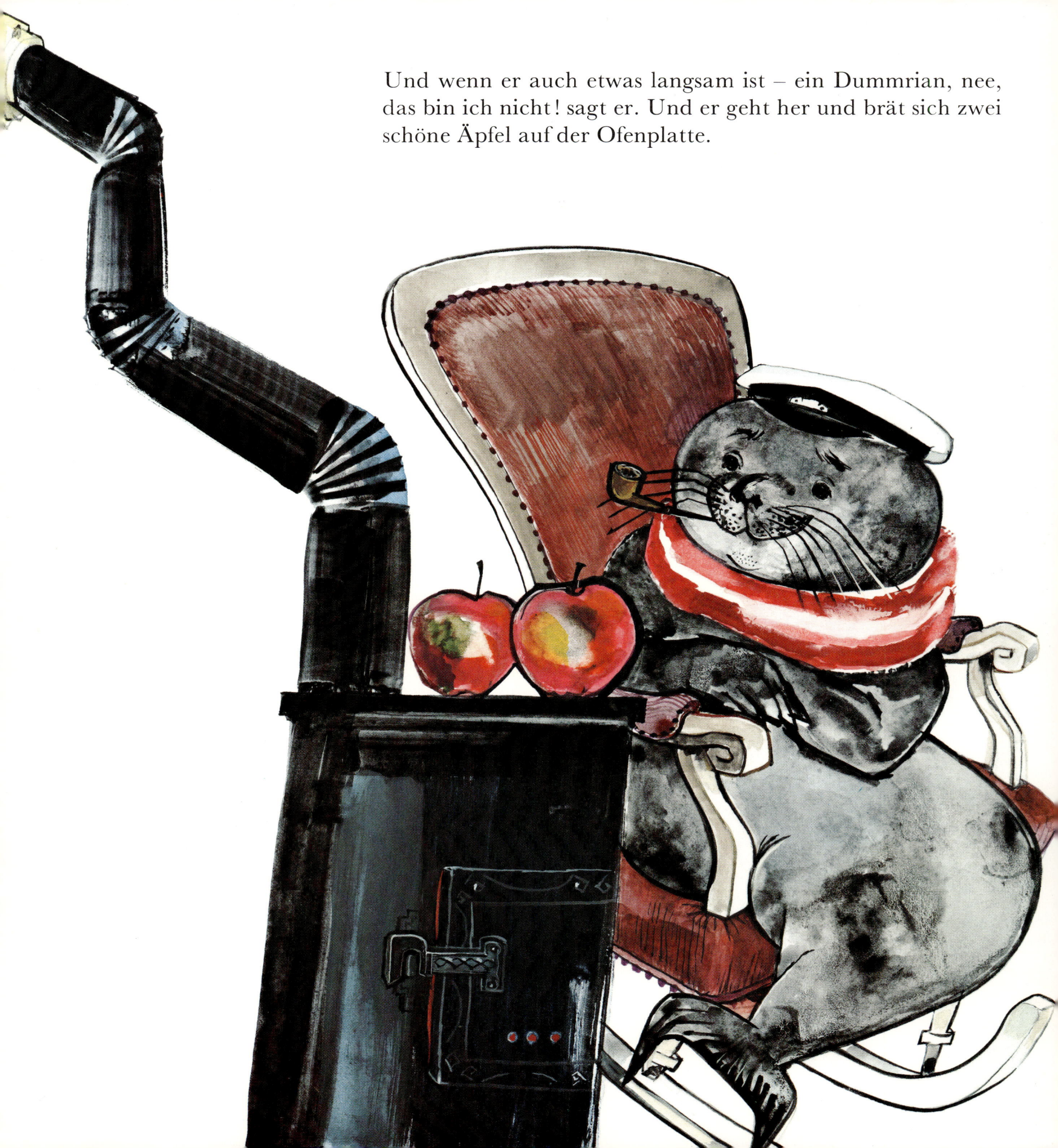

© 1974 Artemis Verlag Zürich und München
H. C. Artmann schrieb diese Geschichte unter dem Titel
»Maus im Haus« für den von Gertraud Middelhauve
herausgegebenen Sammelband »Dichter erzählen Kindern«
© 1966 Gertraud Middelhauve Verlag, Köln
Printed in Switzerland
ISBN 3 7608 0338 5